KB159558

덮지 못한 출석부

박일환 교육 시집

나라말

덮지 못한 출석부

2017년 8월 15일 처음 펴냄

글쓴이 · 박일환

펴낸이 · 김종필

편집장 · 나익수

디자인 · DNC www.thednc.co.kr

인쇄 · 현문인쇄(인쇄)/ 최광수(영업)

출고 반품 · (주)문화유통북스 박병례, 윤영매, 임금순

종이 · (주)한솔 PNS 강승우

펴낸곳 · (주)도서출판 나라말

출판등록 · 제25100-2017-000044호

주소 · 03421 서울시 은평구 역촌동 83-25 정라실크텔 603호

전화 · 02-332-1446   전송 · 0303-0943-3110

전자우편 · naramalbooks@hanmail.net

ISBN 978-89-97981-23-6 03810

도서출판 나라말은 말과 글이 하나되는 세상을 꿈꿉니다.

이 도서의 국립중앙도서관 출판예정도서목록(CIP)은 서지정보유통지원시스템 홈페이지(http://seoji. nl.go.kr)와 국가자료공동목록시스템(http://www.nl.go.kr/kolisnet)에서 이용하실 수 있습니다. (CIP제어번호 : CIP2017019319)

덮지 못한 출석부

박일환 교육 시집

나라말

차례

제2부

나팔꽃 봉오리

제3부
대한민국 교실

제4부
빈 하늘

제 1 부
수 업 일 기

선생이라는 존재

지각을 밥 먹듯 하고 툭하면 결석하고 때로는 중간에 말없이 집으로 가 버리는 녀석들에게 화를 내곤 했다. 수업 시간에 엎드려 자고 시험 답안지에 3번만 내리 긋고 급식 시간에 새치기를 하고 청소 시간에 농땡이만 부리는 녀석들을 향해 혀를 끌끌 차기도 했다.

그런 녀석들이 한 명도 없었다면 나는 지금까지 선생이란 것에 대해 한 번도 생각하지 않고 살았을 것이다.

종이학

수업 시간에 여학생 둘이 학을 접고 있다.

모르는 척 한마디 건넨다.

"얘들아, 고맙다."

무슨 소린가 해서 눈을 동그랗게 뜨고 나를 본다.

"그거 나 주려고 접는 거지? 정말 고맙다."

애들이 히히 웃는다.

수업이 끝날 무렵

"다 접었으면 하나 줘야지."

헤— 웃으며 하나 건넨다.

"주기 싫은데 내가 뺏어 가는 거 아니지?"

"아니에요."

웃는 모습이 예쁘다.

교무실 내 책상 위에 올려 둔 작은 종이학도 예쁘다.

이길 수 없는 싸움

넌 맨날 지각이냐?

지각 안 한 날이 더 많은데요?

그래서 잘했다는 거냐?

선생님이 말은 똑바로 하라고 하셨잖아요.

남아서 벌 청소 하고 가.

청소 말고 다른 거 하면 안 되나요?

오늘은 일찍 가야 해서요.

갈 데가 왜 그리 많아?

학교만 아니면 갈 데야 많죠.

그럼 학교는 왜 오는 거냐?

졸업하려고요.

졸업은 해서 뭐 하게?

지금까지 다닌 게 억울하잖아요.

억울하면 청소하고 가.

한 번만 봐주세요, 어차피 도망갈 건데.

니가 나를 좀 봐 줘라.

헤헤헤—

허허허—

태호의 답안지

①
  ②
   ③
    ④
     ⑤
①
  ②
   ③
    ④
     ⑤

한 번만 더 3번을 내리 찍고 자면

가만두지 않겠다는 내 말에

태호가 적어 낸 답안지다.

애썼다.

못난 선생과 더불어

답이 안 보이는 세상, 힘내서 건너가 보자.

반성문

선생님, 이건 비밀인데요. 어제 진수가 유리창을 깼다고 자수했잖아요. 그런데 범인은 진수가 아녜요. 누가 깼는지는 말할 수 없어요. 하지만 진수가 아닌 건 분명해요. 진수는 그냥 자기가 뒤집어쓴 거예요. 안 그러면 종례가 언제 끝날지 모르니까요. 이건 선생님한테만 얘기하는 거니까 그냥 알고만 계세요.

차라리 깨진 유리창을 혼냈으면, 싶은 날이 있다.

패자

내가 수업을 마치고 나온 교실에서 두 친구가 서로 말싸움을
했다는 얘기를 들었다. 자신은 공부하고 싶은데 왜 자꾸 떠들어서
방해하느냐며 친구에게 따졌고, 상대는 네가 뭔데 그러냐며 눈을
치떴다는 거다.

누가 이겼는지 전해 듣지는 못했으나 내가 진 것만은 분명했다.

내가 알고 있는 것

학교를 옮겨 생활지도 담당을 맡게 됐을 때 일이다. 내가 물러

보였는지 선생님 한 분이, 애들한테 이번 한 번만 봐준다는 식으로

말하면 안 된다고 했다. 설마 그럴 리가 있겠냐고, 나는 끝까지

봐준다며 웃음으로 눙쳤다. 그때 말을 건넨 선생님의 표정이

어땠는지는 잘 기억나지 않지만 지금껏 아이들이 나를 봐주었다는 건

잘 알고 있다.

찐따

한 단원 마치고 다음 단원 들어가려는 찰나
"지금부터 수업 더하면 선생님은 찐따!"
한 학생의 말에
"내가 찐따인 줄 어떻게 알았니?"라고 말했지만
찐따가 되기 싫은 나는 거기서 수업을 접었다.
그러자 여태껏 죽어 있던 애들이
순식간에 살아나는 놀라운 모습이라니!

쌩얼

언제나 얼굴에 하얗게 분칠을 하고 다니는 혜리는

오늘도 수업 대신 화장에 열중하고 있다.

"혜리야, 너는 쌩얼이 더 예쁜데 그러는구나."

눙치며 던진 내 말에 옆 친구가 하는 말

"선생님, 혜리 쌩얼을 본 적은 있으세요?"

생각해 보니 기억나지 않는다.

교무실로 돌아와 다시 생각해 보니

지금껏 아이들의 진짜 얼굴을 보기는 했던 걸까?

아이들의 진짜 목소리를 듣기는 했던 걸까?

나 역시 지금껏 얼굴에 분칠을 한 채로

아이들 앞에 서 왔을지도 모르겠다는 생각에

혜리가 들여다보던 손거울에

내 얼굴도 한번 비춰 보고 싶었다.

벚꽃의 꽃말

벚꽃 흐드러진 사월이다.

선생님, 벚꽃의 꽃말이 뭔지 아세요?

......

중간고사래요.

재밌죠?

벚꽃처럼 흩날리는

아이의 웃음을 물고

안쓰러운 봄이 저만치 지나간다.

시 한 편

시집을 나눠 주고 마음에 드는 시를 한 편씩 골라 보라고 했다.

얼마나 지났을까?

한 아이가 훌쩍이고 있었다.

아이가 펼친 곳에는 세월호 참사를 다룬 시가 적혀 있었다.

지금껏 내 열변은 한 번도 아이들을 울려 보지 못했다.

2학기 첫 국어 시간

돌아가며 한마디씩 말하기를 했다.

내가 던져 준 말하기 방식은 이랬다.

"나에게 이번 여름방학은 ~이었다. 왜냐하면 ~ 때문이다."

몇몇의 발표 끝에 한 명이

"나에게 이번 여름방학은 국어책이었다"라고 한 다음

"왜냐하면 재미없었기 때문이다"로 끝을 맺었다.

이번에는 다른 한 명이

"나에게 이번 여름방학은 야동이었다"라고 운을 뗀 다음

"왜냐하면 흥분되고 즐거운 일이 많았기 때문이다"로 끝을 맺었다.

이것 참, 국어책을 버리고

야동으로 수업 교재를 삼아야 하나?

개학 첫날부터 머리가 지끈했다.

이별의 후폭풍

고려가요 '가시리'를 배우는 시간이다.

수업 전 활동으로

이별에 대한 본인의 경험을 이야기해 보기로 했다.

아무도 입을 열지 않기에

조금 노는 여학생에게 남친과 이별한 경험이 있냐고 했더니

고개를 끄덕인다.

그때 심정이 어땠냐고 물으니

"좆같았어요."

간결한 대답이 돌아온다.

진도가 똑같은 옆 반 수업

이번에도 여학생 한 명에게 같은 질문을 던졌더니

"좆같았어요."

판박이 대답이 돌아온다.

먼 훗날 이 아이들은

나와 이별한 기분을 뭐라고 표현하게 될까?

그때 어수룩한 선생 하나 있었다는 걸 기억은 할까?

가을 앞에서

이렇게 가르치고 싶었다.

늘 깨어 있어라.

무엇이 참이고 거짓인지

눈을 똑바로 뜨고 보아라.

하지만 눈 감고 책상에 엎드린 아이들 많았다.

이렇게 가르치고 싶었다.

교과서를 믿지 마라.

무엇이든 의심하고 질문하며

교과서 밖의 진실을 찾아가라.

그래서일까, 교과서를 베고 잠든 아이들 많았다.

가르치고 싶었으나 가르치지 못한 것들이

수북한 낙엽을 이루어

교정 화단에 쌓여 있다.

낙엽 한 장 집어 드니

숭숭 뚫린 잎맥 사이로 지나온 길이 보인다.

나는 어느새 가을에 와 있고

아이들은 철모르는 웃음을 날리며 운동장 쪽으로 뛰어간다.

시험 감독을 하며

학생들에게 시험지를 나눠 주며
이제는 입 다물고 조용히 하란다는 게
말이 헛나가고 말았다.
"지금부터 입 다물지 말고……."
순간 교실 전체가 웃음바다가 되었다.

"지금부터 입 다물지 말고……."
"지금부터 입 다물지 말고……."

지금껏 입 다물고 조용히 하라는 말
얼마나 많이 했을까?
때로는 헛나간 말이 나를 돌아보게도 한다.

제 2 부
나 팔 꽃 봉 오 리

캐치볼

단순한 동작에 지나지 않을지라도
잘 던지고 잘 받아주는 일
그게 사람살이의 전부일지도 모른다.

적당한 거리에서 마주 선 두 사람이
다른 곳을 쳐다보면
잘 던질 수도 제대로 받을 수도 없다.

잘못 던지거나
잘못 받을 때도 있지만
그건 더 잘 던지고 받기 위한
예행연습 같은 것이니

던지는 공과 날아오는 공이
같은 공이라는 사실만 잊지 않으면 된다.

공이 허공을 오갈 때

내 마음이 가고 네 마음이 오는 것이다.

그러니 즐거운 마음으로

공에 집중하자.

공은 둥글어서 바람의 마찰을 적게 받으니

주고받기에 참 좋지 않으냐.

공 차는 아이들

공중으로 높이 솟구친

저 둥그런 공은 누군가 밀어낸 것이다.

장딴지의 근육을 이용해서 힘껏

내지른 것이다, 그러므로 비명을 질러야 마땅한

저 공은 그러나 유쾌하게 보인다.

새들보다도 가볍고 자유로워 보인다.

어디로 날아가서 어디로 떨어지든

솟구침 자체만으로도 행복한

저 둥그런 공은

땅으로 떨어져서도 기쁨에 겨워

몇 번이나 통통거리며 즐거워한다.

공을 내지른 아이들도

그게 신이 나서 함성을 지른다.

저 아이들이 오늘 밤

공처럼 둥그런 지구를 마음껏

뻥뻥 차올리는 꿈을 꾸며 잠들면 좋겠다.

개학 첫날

여름방학 끝나고 다시 출근했더니
등꽃이 먼저 반겨 주더군.
다른 놈들은 이미 서너 달 전에 피었다 졌고
휘감아 올라간 넝쿨마다
기다란 씨주머니들 주렁주렁 매달렸는데
어쩌자고 뒤늦게 몇 놈
수줍게 고개 내밀고 있더군.

늦된 게 부끄러운 줄 알기는 아는 모양
무성한 이파리 틈새에 숨어 있는
보랏빛 꽃송이를 보고 있자니
꼭 그런 놈들이 떠오르더군.

수업 시간 내내 졸다가 끝날 무렵
엉뚱한 질문이나 해 대는 놈

남들 다 해 오는 숙제

미루고 미루다 막판에 내는 놈

몇 박자씩 꼭 늦는 놈

하지만 그런 놈들도 꽃은 꽃 아니냐.

남들보다 서너 걸음 뒤졌지만

언젠가 한 번은 꽃 피는 인생 아니냐.

개학 첫날부터

그런 생각이 들더군.

선생 노릇 다시 돌아보게 되더군.

나팔꽃 봉오리

아이들 가르치러 학교 가는 길

번잡한 앞길 버리고 호젓한 뒷길로 간다.

혼자 휘어드는 좁은 골목길

담벼락에 나팔꽃 줄지어 피었는데

활짝 열린 봉오리 속으로

쏙 들어가 한숨 자고 싶다.

등굣길 서두르는 아이들도 불러다

봉오리마다 한 명씩 들어앉히고 싶다.

순하게 몸을 말고 들어앉아

잡스런 세상 말들 삭혀 내린 뒤

작고 단단한 씨앗으로 맺혀

세상아, 요 건방진 놈아

소리치며 톡, 톡, 튀어나오고 싶다.

마라분교

가파도 지나 마라도
새푸른 바다로 둘러싸인
작은 언덕배기에
예쁘고 앙증맞게 들어선
마라분교.

잔디밭 운동장에서
공 한 번 내지르면
퐁당
바다 속으로 굴러 떨어질
내 생애 만나 본
가장 아름다운 학교.

바다야—
파도야—

나팔꽃 봉오리

손나팔 소리가
새푸른 물결 따라 메아리쳐 오는
그곳에서
학동들은 외로우리.
외로워서 그만큼 순하리.

뭍것들이 외로움을 아느냐고
몰매를 놓더라도
나는 그렇게 믿으리.

교정에 나부끼는
태극기조차 아름다운
대한민국 최남단
마라분교.
내 마음속 사진첩에서

닳고 닳을 때까지
꺼내 보고 만져 보고
불러 보리.

세상 끝에 있어
그리움 더욱 눈부시리.

모과 한 알

운동장 구석에 커다란 모과나무 한 그루 있다.
주렁주렁 매달린 모과 알들
운동장에서 뛰노는 아이들 바라보며 익어 간다고
생각한다. 그렇게 믿는다.

가끔 아이들이 나뭇가지를 꺾고
덜 여문 모과 알을 떨어뜨리곤 해서
그중 몇 놈을 교무실 책상 위에 놓아두었으나
향내도 뿜지 못하고 시들어만 간다.

가을이 깊어 가고 모과알도 노랗게 익어 가던
출근길, 새벽이슬 맞고 있던 모과 한 알
주워 들고 코에 대었더니 향이 깊을 대로 깊었다.

교무실로 들고 와 책상 위에 올려놓으니

내 마음 환하다. 때마침 시험 기간이라고

운동장엔 아이들 모습 보이지 않고

모과나무 혼자 외로운데

그제야 어리석었던 생각의 줄기가 트인다.

운동장 한구석에서 모과가

아이들 모습 바라보며 그윽한 향 머금을 동안

나는 미리 떨어진 모과 알처럼

지친 모습으로 시들어만 가고 있었던 건 아닐까?

나 혼자 힘들었다고 중얼거려 온 시간들마저도

그윽한 향내로 덮어 주곤

오두마니 내 책상 위에 올라앉아 있는

모과 한 알.

잘 익은 모과 한 알.

전쟁과 평화

아이들이 모두 돌아간 운동장

햇살 가득 눈부시고

비둘기 몇 마리 한가하다.

나무 의자에 앉아

학교 내 금연 구역

무시하고 담배 한 대 피워 물다가

누가 훔쳐보는 게 아닐까 싶어

고개 돌려보니

국기 게양대에 매달린 태극기

바람에 펄럭이고 있다.

자랑스럽지도 않은 날들이

담배 연기에 실려 사라지는데

지금쯤 지구 저편

어느 학교 운동장에선가

목발을 짚은 채로 소년들이

전쟁의 공포를 잊기 위해

땀 흘려 공을 차고 있을 것만 같다.

맛있는 풍경

목련꽃 지고 난 자리에 불시착한 비행기 한 대
목련 꽃잎인 양 능청스레 앉아 있는 풍경이다.

그 위쪽 교실 창문에서
가끔 책 읽는 소리 흘러나오고
이윽고 종이 울리면
창문마다 붙어선 아이들이 또다시 날리는
한 대
두 대
세 대……
모두가 불시착할 운명이지만
그러거나 말거나
비행기들은 날아오르고
날아오르다 마침내 지상으로 낙하를 하고

날아오르지 못한 채 져 버린 목련 꽃잎들을 생각하며
목련나무가 한껏 품을 벌리고 있는 풍경이다.

그 모습이 안쓰러워 허공을 맴돌던 비행기 한 대
목련 가지 위에 살짝 내려앉는 시간이다.

멀리서 구름이 물끄러미 내려다보는 한낮의 풍경을
건들거리는 바람이 맛있게 핥아 먹으며 간다.

중학교 1학년 교실 1

도깨비 탈

남학생이 여학생 머리통을 때리고 달아나고
여학생이 남학생 엉덩이를 걷어찬다.
남학생이나 여학생이나 씩씩거리는 건 똑같아서
쉬는 시간마다 중학교 1학년 교실은
동물의 왕국을 펼쳐 놓은 듯하다.

그렇게 아웅다웅하며 한 교실에서
부딪치고 깨지고 화해하며 한 뼘씩 커 가는 일이
진짜 공부일지도 모른다.

교과서를 펼치는 속도는 느리지만
어느 순간
저 혼자 불쑥 커 버린 모습을 보여 주기도 하며
도깨비 탈을 벗었다 썼다 하는 놈들!

이상한 대화법

선생님, 쟤 과자 먹어요.

부러워하지 마라.

선생님, 쟤 엎드려 자요.

자는 얼굴이 세상에서 가장 평화로운 법이다.

선생님, 쟤가 내 연필 가져갔어요.

선물했다고 생각해라.

선생님, 뒤에서 누가 지우개 잘라서 던져요.

그거 맞았다고 죽지 않는다.

애들아, 제발 이르지 마라.

나도 교장선생님께 너희들을 이르고 싶을 때가 많단다.

병남이

밤새 컴퓨터 속을 헤엄쳐 다니던

대한민국 중학생 병남이

가방 메고 신발주머니 들고

아침마다 헐레벌떡이다.

부지런한 물고기들 한발 앞서 들어간

통발 속으로

간신히 몸을 밀어 넣은 뒤

부라린 눈길 앞에서

오리걸음 한 바퀴

변함없는 어제와 오늘이다.

교실에 들어서면

시작종 울리고

열렸던 교문 닫히고

운동장 옆 미루나무에서

재재거리던 참새 떼도 날아가고

책상 위에 엎드린 병남이

눈꺼풀을 덮고 익숙하게

꿈속으로 헤엄쳐 간다.

가방도 신발주머니도

병남이 옆구리 간질이며

춤추듯 지나간다.

잡초를 뽑으며

아직 콧수염도 나지 않은
중학교 1학년 아이들 데리고
잡초를 뽑는다.

뿌리째 뽑힌 잡초는 그냥
화단 안에 던져져
볼품없이 시들어 가고

지금 잡초를 솎아내는
저 귀여운 녀석들 중
언젠가는 잡초처럼 뽑혀 나갈 운명도
더러는 섞여 있을 터.

아이들 가르치는 일이 몸에 익을수록

잘 다듬어진 화초에만

눈길이 가 닿는 건 아닐까?

손길은 자꾸만 더뎌지고

마음만 저 홀로 바쁜

오후의 풀 뽑기 작업.

방학 과제

환호성을 지르며 교실 밖으로 달려 나가는 아이들의
달뜬 표정처럼
내 생도 저리 환할 수 있으려면

아이들이 사라진 텅 빈 교실
적막 속으로 가라앉는 먼지처럼
정신없이 몰아치던 시간들을 천천히 되새김질하는
한 마리 순한 소가 되어야 하리.

아이들을 방목하는 즐거움으로
나 역시 한없이 풀어놓고
장마 끝난 뒤 찾아온 푸른 하늘이라든지
등나무 그늘 아래로 지나는 바람이라든지
내 방학 과제는
그런 친구들이나 데리고 노는 것이어야 하리.

꺼져!

몇 년 전 교실에서 있었던 일이다.

까불이 한 놈이 가짜 마이크를 코앞에 들이밀며 무슨 말이든 한 말씀 해 달란다. 그날따라 귀찮아서 슬슬 피해 다녔더니 끈질기게 쫓아다니며 졸라 댄다.

"딱 한마디만 해 주세요!"

할 수 없이 딱 한마디를 해 줬다.

"꺼져!"

이 말과 함께 서로 웃고 말았지만, 지금도 어린 친구에게 너무했던 것 같아 미안하다.

세월호 유가족들이 단식하는 곳에 와서 폭식 투쟁을 하던, 덜 자란 놈들에게 그대로 던져 주고 싶었다.

"꺼져!"

닭도리탕을 맛있게 먹는 법

지금껏 남이 해 주는 음식만 먹어 온 나는
음식 타박은 안 했지만
맛있다고 감탄하는 소리도 안 해 봤다.

이를테면 당신이 해 준 닭도리탕을 먹으며
맛있냐는 물음에
응, 맛있어.
건성으로 한마디 하면 끝이었다.

그런 내가 수업을 할 때는
듣는 둥 마는 둥 하는 아이들에게
못된 놈들!
속으로 욕하지 않았던가?

양념을 어떻게 했기에 이렇게 맛있어?

그런 말 한마디 못 해 본 주제에

아이들만 야속하다고 하지 않았던가?

앞으로는 닭도리탕을 먹을 때

맛있다, 맛있다.

소리 내며 먹어야겠다.

그게 닭도리탕을 가장 맛있게 먹는 법이란 걸

나이 오십에 겨우 깨달은 내가

열댓 살 아이들에게

내가 해 주는 밥을 맛있게 먹을 줄 모른다고 투덜대기만 했다.

뒤뜰

학교 뒤뜰에 노란 은행잎들이
커다란 두레방석을 펼쳐 놓았는데요.

쉬는 시간에 아이들 몇이
두레방석을 헤집어 서로에게 던지며
깔깔대고 놀았는데요.

그 모습이 참 예뻐서
지금 이렇게 시를 쓰고 있는데요.

사실 이 시는 뒤뜰이 써 준 거지요.
앞뜰도 좋지만 뒤뜰이 있어
은행잎도 아이들도 빛났던 거지요.

아이들이 돌아간 다음

홀로 명상을 즐기던 뒤뜰이

나에게 받아쓰기를 시킨 거지요.

그 교실

수업 시작종은 진작 울렸는데

의자에 앉아 수업을 기다려야 할 아이들이

아무도 보이지 않는다.

책상 위에 놓인 꽃들만 슬픈 표정으로

침묵의 음계를 만들고 있는,

먼지조차 숙연히 가라앉은 교실

드르륵—

활기차게 열려야 할 문이

격실처럼 굳게 닫혀 있는 동안

아들아, 딸아

어서 돌아오너라.

얼마나 춥니? 얼마나 무섭니?

내가 안아 줄게, 꼭 안아 줄게.

흐느낌을 받아 안은 파도가

텅 빈 교실을 끌고

진도 앞바다로 간다.

등교하지 못한 아이들의 출석을

목 놓아 부르면

엄마, 아빠 사랑해요.

바다 깊은 곳에서 들려오는 대답 소리.

오오 내 새끼야.

미안하다, 미안하다.

가슴을 치며 무너지는 어미 앞에서

차마 덮지 못한 출석부와 함께

교실이 가라앉는다.

떠오르지 말아라. 부디

아이들이 다 나올 때까지

교실은 바다 속에서 나올 생각을 하지 말아라.

열일곱 나의 친구에게

세월호가 가라앉던 날

7교시에 방과후수업에 야자까지

정해진 일과는 빈틈이 없었다.

어른들이 제일 먼저 달아난 선장을 욕하고

어른들이 대통령을 잘못 뽑았다며 탄식하고

어른들이 대한민국이 함께 침몰했다며 분노하는 동안

우리는 교실 안에 잘 갇혀 있었다.

수학여행도 체육대회도 취소하고

교실 안에서만 지내라고 했다.

며칠 후에 치러진 중간고사 때는

정답은 시험지 안에만 있다고 했다.

안에 있는 게 안전한 거라고 했다.

안에서 가만히 기다리면 된다고 했다.

그렇게 기다리다 보면 어른이 되겠지.

어른이 되어서도 기다리겠지.

무얼 기다리는지도 모르고

가만히 앉아서 눈 감고 기다리다 보면

아, 저기 누가 오고 있구나.

반갑게 손을 흔들고 싶은데

돌연 컴컴하고 아득하고 검질기게 들러붙어

숨구멍을 틀어막는 이 괴물은 뭐지?

소리도 지르지 못하고 순식간에

4월 16일의 진도 앞바다로 끌려 들어가는 악몽을

일상처럼 거느리고 살게 되겠지.

이제 그만 밖으로 나오너라.

어서 빨리 나오너라.

부름의 시간은 언제나 너무 늦었고

별빛을 머리에 이고 집으로 돌아가는 길에

어, 내 친구는 어디로 갔지?

나도 모르게 중얼거릴지도 몰라.

정답과 오답이 뒤바뀐 답안지를 들고

차가운 물속으로 하염없이 잠겨 들어간

친구야

친구야

친구야

부르다 왈칵 눈물이 쏟아질지도 몰라.

너와 나는 똑같은 열일곱

먼 훗날 나의 열일곱을 생각하다

영원히 열일곱으로 남은 너를 떠올릴 테지.

기다리라는 말, 세상에서 가장 잔인한

그 말도 함께 떠올릴 테지.

그때까지도 기다리고 있을지 모를

친구야

친구야

친구야

제 3 부
대한민국 교실

들어갈 때 다르고 나올 때 다르다

화장실 얘기가 아니다.
아침에 들어설 때 처진 어깨였다가
오후에 재잘거리며 우르르 빠져나가는
저 싱싱한 웃음꽃들을 보라.
오므라들었다가 확 펴지기까지
무슨 일이 있었던 걸까?

아무것도 모르는 척 말이 없는 저 교문!

대한민국 교실 1

엄마가 보고 있다!
그런 급훈을 내건 교실이 있다고 했지.
하지만 대한민국 모든 교실에선
엄마 대신 태극기가 보고 있다.

칠판 위에 걸어 놓은 태극기는
결코 장식물이 아니어서

김 실장은 편향적인 교육 활동으로 인해 학생들의 건전한 가치관과
국가관 형성을 저해하는 것을 방치할 수 없으며 이에 대해서는
엄중하게 대처하겠다는 것이 교육부 입장이라고 설명했다.(연합뉴스,
2016.4.5)

알았으면 다들 쉿!
태극기가 보고 있다니까.

대한민국 교실 2

교실 형광등 하나가 맛이 갔는지
쉬지 않고 깜박거린다.

조심스레 빼내자
그제야 얌전히 눈을 감고 잠드는,

양끝이 까맣게 그을린 저 형광등은
그동안 자극을 너무 많이 받았다.

조용히 빛나고 있는 다른 형광등도
결국은 같은 운명에 놓이게 되리란 걸
너도 알고 나도 알지만

네 성적에 잠이 오냐?

이런 급훈이 걸려 있는

여기는 대한민국 교실이다.

대한민국 교실 3

D-00일
칠판 한 옆에 붙인 숫자를
하루씩 줄여 가다 보면
마침내 그날이 온다.
기다리지 않아도 온다.

수능 대박 기원식까지 치르고 나면
호랑이 아가리처럼
무섭고 컴컴한 시간 속으로 빨려 든다.

공격 예정일을 뜻하는 디데이
용맹하게 전진하고 싶지만
수능 끝난 교실에는
패잔병들 즐비할 것이다.

내년 봄에도

같은 교실 같은 자리에

예비 패잔병들 모여

D-00일, 붙이고 있을 것이다.

대한민국 교실 4

동남아로 여행 가서 코끼리 쇼를 보고
코끼리 등에 올라 트레킹도 했지.

그땐 몰랐지.
코끼리가 어쩜 그리 말을 잘 듣는지.
코끼리가 그저 영리하다고만 생각했지.

나중에야 어린 코끼리가
파잔 의식을 치른다는 걸 알게 됐지.
어린 코끼리를 옴짝달싹할 수 없는 틀에 가둔 다음
사나흘 길게는 일주일 동안
피가 철철 흐르도록 때리고 찌르며
야생의 습성을 버리고
철저한 순응을 몸에 새기도록 한다는 파잔 의식!

대한민국 교실은 거기서 얼마나 먼가?

누구를 위하여 종은 울리나?

한 치의 어긋남도 용납하지 않으며
반드시 지켜야 하는 계율이자 법으로 군림하는
종을, 너는 두렵다고 말해 본 적 있는가?

미처 못 들었다는 말 따위, 변명이 되지 않는
이곳에선 모든 길이 종으로 통한다.

자, 종이 울렸다. 교실로 들어가자!
자, 종이 울렸다. 잠시 쉬었다 하자!
자, 종이 울렸다. 이제 밥을 먹도록 하자!

종이 무서워 탈출한 아해들이
간혹 뒤돌아보며 그리워한다는 소문도 있지만
이미 종에 길들여진 이곳의 신민들은
종이 울릴 때만 기다리며 귀를 곤추세우고 있을 뿐이다.

종은 누가 울리는가?

저마다 똑같은 교복을 두른 학생인가?

걸핏하면 험상궂게 노려보는 교사인가?

근엄한 표정으로 뒷짐을 지고 있는 교장인가?

종이 울린다.

일사분란, 교훈은 하나로 충분하다.

흡족한 표정으로 원형 감옥을 굽어보시는 그분을 위해

기꺼이 경배하는 자세를 배우자.

누구를 위해 울리는지 아무도 묻지 않는

종이 또 울린다.

이제 무얼 할 차례지?

웃프다 1

퇴근길에

학교 앞에서 동수를 만났다.

-안녕하세요?

-학원 가는 모양이구나.

-네.

-그래, 공부 열심히 해라.

동수를 보내고 생각하니

내가 학교 선생이었다.

꼬박꼬박 월급 타 먹으면서

학원 다니는 애들 응원하고 있는…….

웃프다 2

학원 차량 옆면에
알 때까지 가르친다고 써 놓았다.

학교 선생인 나는
모르는 게 너무 많아
도무지 이겨낼 수가 없다.

학교 수업 마치고
학원으로 돌아가는 아이들 배웅한 뒤
교무실에 앉아 밀린 공문을 처리하는

오, 가여운 군상들!

환幻한 세상

새가 되기를 꿈꾸던 아이는
정말로 새가 되었다, 앵무새—

부리로 거울을 쪼아 대더니
깨진 조각을 물어 자신의 온몸을 그어 댄
앵무새, 목구멍 속으로
줄줄이 빨려 들어가는
교과서와 참고서와 문제지를
한사코 토해 내지 못해
앵무새, 시뻘건 피를 흘리며
운다.
울음조차 구원이 되지 못하는 나날이
핏빛 사방연속무늬로
아롱아롱 새겨진 새장 안에서
거울이여 안녕!

더 이상 나를 비추지 마.

나도 숨을 곳이 필요했어.

세상이 너무 환幻해.

제발 나를 사라지게 놔둬!

시장과 학교

좁은 울타리 안에 가둬 놓고 사료를 잔뜩 먹여

마블링이 뛰어난 1등급 한우로 키우면

높은 값으로 시장에 내다 팔 수 있지.

들에 풀어놓은 다음 자유롭게 풀을 뜯게 한다고?

그러면 아무리 건강해도 3등급이야.

이런, 여기 3등급들이 몰려 있군.

1등급이 되고 싶으면 울타리 안으로 들어가.

거기서 주는 대로 받아먹기만 하면 돼.

1등급 도장이 콱!

찍힌 한우 세트가 백화점에 진열되는 동안

3등급들이나 등외품들은

어디로 팔려 가는지 눈길조차 받기 어렵다는데

이게 비유라는 걸 모르는 척하는 당신은 누구?

사물함 뒤편

대청소 시간에 사물함을 들어냈더니
온갖 것이 다 나온다.
샤프도 나오고 체육복도 나오고
과자 봉지, 구겨진 시험지, 걸레 조각까지
모두 끌어모으니 산더미를 이룬다.

감춰진 진실이 드러날 때까지
한 학기 내내 말도 못 하고
사물함아, 너도 고생이 많았겠다.

네가 고생하는 동안
우린 앞만 바라보는 훈련을 해 왔지만
반성은 언제나 반쪽짜리에 그칠 뿐이어서

사물함을 제자리에 밀어 넣은 다음

각자 자기 자리를 찾아 앉을 때

앞을 봐, 앞을!

거기, 뒤돌아보는 놈이 누구야!

익숙한 고함 소리가 교실을 가로지른다.

풍기반란

중3짜리 남녀 둘이
친구들이 빙 둘러선 가운데
교실에서 입맞춤을 했더란다.
사귄 지 300일 되는 날이었단다.

하필 지나가던 선생한테 걸려
곧장 생활지도부로 끌려갔더란다.
풍기문란이라는 죄목을 달고

남선생들 술자리에서 누군가
풍기문란에 대해 묻기에
그냥 풍기발랄한 거 아닐까요?
내 발음이 시원찮았는지
풍기반란! 그렇지 반란이야, 반란. 껄껄껄!

머쓱해진 나는

그래 발랄한 반란도 괜찮겠다.

속으로 웃으며 술잔을 높이 들었더란다.

21세기 토끼

토끼는 잠을 자지 않는다.

낮잠은 물론 밤잠도 줄일 수 있을 때까지

줄여서, 토끼 눈은 언제나 빨갛다.

느림보 거북이 따위 아무리 재게 걸음을 놀려도

경쟁 상대에서 밀어낸 지 오래다.

불자동차 소리, 구급차 소리 요란하게 울려도

돌아보는 순간 소금 기둥이 되어 버린

어리석은 토끼들을 생각하며

보폭을 늘리고 도약의 강도를 높일 따름이다.

보라, 저 장엄한 행렬!

삼단뛰기, 높이뛰기, 장애물 넘기까지 통달한 토끼들이

용수철처럼 튀어 오르며

바벨탑 꼭대기를 향해 치닫는다.

(그 아래 즐비한 시신들을

누군가 토끼탕 집으로 빼돌리고 있다는 소문이 돌기도 했으나

더러는 용궁으로 갔으리라는 귓속말에

두 귀를 쫑긋 세우고 있다.)

이 시대의 아이콘은 빨간 눈을 한 토끼

그중에서도 핏줄 터진 눈동자를 한 토끼

간을 내놓고 다니는 것쯤은 식은 죽 먹기인 애비 토끼들이

더 높이! 더 멀리!

선명한 구호에 맞춰 뒷다리에 힘을 모으고 있을 때

어린 토끼들은 네모난 교실에서

일제히 같은 문제를 푸느라 빨간 눈동자에 힘을 주고 있다.

한석봉과 어머니

나는 노래방에서 탬버린을 칠 테니 너는 학원에 다니거라!

부러진 분필

칠판에 글씨를 쓰다

힘이 너무 들어갔는지

분필이 뚝 부러졌다.

선생으로 사는 동안

얼마나 많은 분필을 부러뜨렸을까?

삼십 년 동안

아― 삼십 년 동안

내 사나운 목소리로

얼마나 많은 아이들 마음을

뚝!

부러뜨렸을까?

배웅

너 오늘 청소 당번이니까
청소하고 가야 해, 알았지?
도망갈까 봐 일부러 콕 찍어 일러 주는데
알았다고 고개를 끄덕이고는 그냥 간다.

다음날 교실에서 만난 너는
아무 일 없었다는 듯 멀쩡한데
왜 나 혼자 속이 터지는 걸까?
교과서를 펼쳤다 덮듯이
생각을 열고 덮는 사이
너에게 온전히 가 닿지 못한 말들이
분필가루처럼 쌓여 떨어진다.

도망가는 게 너의 일이라면
나의 일은 무엇이어야 하나?

삼십 년 동안 고민만 하던

중늙은이 교사가 분필을 놓을 때쯤

한 번도 도망치지 못한 칠판이

빙그레 웃으며 배웅을 해 주려나.

경칩

교실마다 뛰쳐나오고 싶은 개구리들이

뒷다리에 잔뜩 힘을 모으고 있다.

꽃샘바람

교무실로 끌려온
하얀 얼굴과 붉은 입술은
고개 숙인 채 말이 없고
학생이 무슨 화장이냐는
호통 소리에 놀라
교무실 창 너머
이제 막 고개를 내밀기 시작한
꽃봉오리들, 움찔거린다.

교무실의 봄은 그렇게
꽃샘바람과 엉켜서 온다.

제4부
빈 하늘

등나무 울타리

후관과 본관 사이

거기 등나무 울타리엔

쉬는 시간마다

아이들 주렁주렁 매달려 있다.

학생주임이라도 뜨면

혼비백산

달아나기에 바쁜 아이들이

원숭이 떼처럼 매달려

아마도 등나무는

죽을 맛일 것이다.

그렇다고 등나무여

너무 화내지는 말아 다오.

비록

등허리가 휘어지더라도

매달릴 아이들이 있기에

너는 행복한 것이다.

학교를 떠나 있던

지난 시절에

나는 그걸 알았다.

도마뱀을 생각하며

4년 반 동안 달고 다니던

전교조 해직교사라는 꼬리표.

한 번도 부끄럽게 여긴 적은 없으나

언젠가는 꼭 떼어 내고 싶었던

그 꼬리표.

끝내 싸워 이겨서

이긴 자의 당당함으로 서서

보란 듯이 떼어 내고 싶었으나

전교조 탈퇴각서에 도장을 찍고

초라하게 참으로 초라하게

떼어 내던 그 날.

나는 울었던가.

속으로 속으로 눈물 삼켰던가.

그로부터 다시 1년.

위급함을 모면하기 위해

자기 꼬리를 자르고 도망간다는

도마뱀을 생각한다.

도마뱀이 잘라 버린 꼬리는

훗날을 도모하기 위해 눈물 머금은 희생인가.

아니면 그저 목숨만 부지하기 위해

매정하게 잘라 버린 살덩어리인가.

밤 깊도록 잠 못 이루며 생각한다.

선인장을 보며

선인장을 아름답다고 생각해 본 적
한 번도 없다
어쩌다 선인장 가시에 찔려
선홍빛 피가 배어날 때
그 피가 아름답다고 생각해 본 적
더구나 없다.

불타는 태양 아래
꼿꼿이 고개를 쳐든
반역叛逆의 형상
나는 그게 싫었다.
온몸에 가시를 세운
독종 같은,
빌어먹을 독사 같은!

어느 날 나는 해직교사가 되어 집회 시위 농성 단식 끊임없이
이어지는 싸움의 한복판에 섰다. 최루탄 지랄탄 허연 포말을 뒤집어쓴
채 눈물 콧물 있는 대로 짜내기도 하고 닭장차 안이나 경찰서 유치장
안에서 핏발선 눈으로 이 개새끼들아! 어린 전경들에게 욕설을
퍼붓기도 하고 아버지 어머니에게 아내에게 어린 자식에게 내 길을
막지 마라 단호하게 빗장을 지르기도 하고 나는 그렇게 살았다. 4년 반
동안 가슴에 독기를 품은, 말하자면 선인장처럼.

그때 내가 서 있던 곳은 사막이었을까?
오아시스 하나 없는 모래바람만 가득한
열사의 땅이었을까, 유배지였을까?

사막을 떠나 우리 집까지 찾아온 선인장

물끄러미 바라보다가

저놈은 아직도 가시를 달고 있구나,

생각하니 쓸쓸한 듯한데

저놈은 지금 사막을 그리워하는 거라고

가시를 지닌 삶도 때로는 아름다운 법이라고

가시 끝에서 튕겨 나온 뾰족한 햇살이

아프게 내 눈을 찌른다.

사람의 바다에 이르기 위한 언약

조영옥 선생님 정년 퇴임에 부쳐

사람 옆에 사람 있고
사람과 사람 사이에 사람 있습니다.
그러므로 내가 사람이고자 한다면
내 곁에 사람이 있는가?
이 질문이 처음이자 끝이어야 합니다.

다가가면 달아나길 즐기고
소리쳐 부르면 부러 콧방귀를 뀌며 눈을 돌리는
사람은 참 대책 없는 동물이지요.
동물 중에도 하급이지요.

그래도 사람은 참으로 단순해서
한순간에 넘어가기도 합니다.
저 사람은 진짜 사람이구나, 느끼면
바로 넘어가 넙죽 엎드립니다.

오늘 제가 넙죽 엎드립니다.

그저 물처럼*, 처음도 모르고 끝도 모르게

물길 한 번 바꾸지 않고 흘러온

유장한 흐름 앞에 엎드리지 않을 도리가 없습니다.

그러니, 선생님!

벌써 먼 바다에 가 닿지는 마십시오.

아직은 적셔 줄 발목들이 많잖아요.

사람과 사람이 만나 함께 흐르는

아름다운 강물 만들어야지요.

그 중심에 선생님이 언제나 있어 주셔야지요.

오늘 이 자리

모여서 작은 시냇물이라도 되자며

멀리서 후배와 제자들이 모였으니, 선생님!

물결이 물결을 불러오고

물결과 물결이 마주쳐 노래를 만드는 날까지

더 크고 더 넓게 흘러가야지요.

언제나 시작이 있을 뿐 끝이란 없습니다.

끝이라고 여기는 순간 다시 시작해야 한다는 걸

오랜 역사로부터 이미 배웠습니다.

그러니 선생님이 앞 강물이 되어 흐르면

저희는 기꺼이 뒷강물이 되어 따르겠습니다.

바다까지 이르는 먼 길은 우리가 잊지 말아야 할 약속입니다.

그 언약의 맹세를 담아 다시 또 한 걸음

기쁘게 내딛습니다.

* 조영옥 선생님이 인터넷에서 즐겨 쓰는 별칭.

마침표를 밟고 새로운 길을 가는 당신에게

이광연 선생님 퇴임에 부쳐

돌아보면 발자국은 한결같은 듯 한결같지 않았다.

당신이 찍은 발자국이지만, 어쩐지 낯선 발자국들

저게 과연 당신이 찍은 발자국들일까?

저 발자국들이 어린 친구들에게 어떤 무늬로 다가갔을까?

희미해질지도 모른다.

차츰 옅어지다 가뭇없이 사라질 날이 올지도 모른다.

그래도 힘주어 밟아 왔으니

그만큼 힘들게 디뎌 왔으니

후회는 누구에게나 찾아들기 마련이지만

지금 여기서 떠올릴 수 있는 것들은 모두

돌이킬 수 없는 것들이다.

돌이킬 수 없어 유일한 것들이다.

하여 온전한 아름다움이었다고 말할 수는 없을지라도

후회 같은 건 잠시 보류해도 좋겠다.

마침표 같은 것도 버려야겠다.

당신의 몸과 숨을 밟고 간 어린 친구들이

여전히 저 앞에서 걸어가고 있으니

당신의 길은 철길의 침목 같은 것이었다고 해도 좋겠다.

그쯤이면 충분하겠다.

이제 고마웠다고 말하는 시간을 가져야지.

당신의 것을 나눠 준 것이 아니라

너의 것을 나눠 받았다는 마음으로

더욱 겸허한 시간들을 가꾸어 가야지.

그래도 수고했구나, 다독이며

당신이 당신을 위로하는 작은 기쁨을 누린들

무에 그리 부끄러운 사치이겠느냐.

당신이 당신을 기억하는 건 결국

당신을 스쳐 간 모든 너를 기억한다는 것

그리하여 오늘밤은

당신으로 인하여 다행이고 모든 너로 인하여 기쁨이어도 좋겠다.

여행은 끝을 향하여 가는 것이 아니라

언제나 시작을 향하여 가는 것.

그러니 당신이여, 당신의 다른 이름인 어린 친구와 모든 그대여

당신을 축복해 다오.

당신은 지금 설레고 있다.

새로운 길에 대한 두려움은 당신이 살아 있다는 증표이니

여기서 또 한 발 힘차게 내딛으시라.

무엇이 기다리든 그 또한 당신의 길이거니

당신이 가는 길은 모든 너를 향해 있음을 잊지 마시라.

오라, 미지의 황홀함이여!

모든 너에게 입 맞추며 가는 길, 그 위에서

이름 모를 꽃들이 피고 새들이 울어 줄 것이다.

그걸로 충분하리라.

모든 미래는 아직 열리지 않아 두근거리는 가슴을 선사한다.

조 선생님 떠나던 날

일찌감치 교단을 떠나는 조 선생님
명예 퇴임식장에서
중학교 1학년 어린 학생들
스승의 노래 부르다 목이 멜 때
미안하구나, 정말 미안하구나.
덩달아 목이 메는 조 선생님도
콧날이 시큰해진 동료 교사들도
마땅히 눈길을 둘 데가 없었는데
창밖에선 비가 내렸던가.
때마침 비가 내려
허공을 더듬던 눈길들 적셔 주었던가.
식이 끝나고 술집으로 몰려갈 때
우산 사이로 파고드는 빗방울에
잠시 어깨를 떨며
우린 무슨 생각을 했던 걸까.

평교사 생활 스물 몇 해

빗방울들은 조 선생님의 이력처럼

작은 물줄기를 이루며 흘러가고

생각하면 쓸쓸함이란

언제, 어디에나 있는 것.

조 선생님의 빈자리가 마침내 그리워질지라도

빗줄기로 인해 뿌예진 시야를 걱정하듯

남은 이들은 그렇게 또

아득한 날들을 헤엄쳐 가리라.

때때로 은빛 비늘을 털며

비 그친

수면 위로 솟구치고 싶어 하리라.

값지고 보람찬 당신의 한평생

주동식 기사님 정년 퇴임을 축하하며

긴 세월이었습니다.

예까지 오는 동안 어찌 힘든 시간이 없었겠으며

젊은 날 흘린 땀방울마다 배어 있을

회한과 고통, 온갖 수고로움을

어찌 한두 마디 말로 헤아릴 수 있겠습니까?

그 모든 힘겨움을 묵묵한 헌신으로 견뎌 오신

당신의 한평생이야말로

누구보다 값진 삶이었음을 우리 모두 잘 알고 있습니다.

당신이 흘린 땀이 있었기에

어린 청춘들이 부쩍 자랄 수 있었고

당신이 베푼 사랑이 있었기에

어린 청춘들이 마음껏 행복할 수 있었으며

당신의 정성스런 손길이 있었기에

어린 청춘들이 저마다 꿈을 키울 수 있었습니다.

당신이 이곳 배움터에 모든 것을 바쳤기에

푸른 나뭇잎 같고

어여쁜 꽃잎 같고

싱그런 바람 같은

수많은 어린 청춘들이 미래를 향해 나아갈 수 있었습니다.

그렇듯 보람찬 당신의 한평생을 위해, 오늘

젊은 벗들이 그 동안 품어 온 존경과 사랑을 모아

시 한 줄, 노래 한 자락 준비했습니다.

기쁘게 받아 주십시오.

이제 곧 새봄이 오면

당신의 흔적이 남아 있는 배움터 이곳저곳에서

아름다운 꽃들 다투어 피어나고

어린 청춘들의 웃음소리 퍼져 가겠지요.

멀리서나마 지켜보고 흐뭇하게 웃어 주십시오.

당신의 그 너른 품과 따스한 마음을

우리도 오래도록 잊지 않고 기억하겠습니다.

이 가을을 어떻게 건너가나

강원일 선생님을 보내며

이제 막 가을이 오기 시작했으나
이파리들은 여전히 가지에 매달려 있고
열매는 충분히 익지 못했다.
아직 더 많은 시간을 기다려야 했고
걸어가야 할 길이 저 멀리 있었다.
그 길 한가운데로
당신이 속절없이 떨어져 내릴 줄 알았다면
가을이 오기를 소망하지 않았으리라.
지난 태풍에 떨어진 낙과를 집어든
농부들의 참담한 표정을 무심히 지나쳐 온
무지와 몽매를 반성하기도 전에
감당할 수 없는 바윗돌 하나
쿵, 하고 내려앉고 말았으니
불러도 대답 없는 이름만,
이름 끝에 묻어나는 추억만

슬픈 가슴에 꽃잎처럼 새겨지는구나.

당신이 없는 빈 교실에서

허공을 더듬는 아이들 눈망울처럼이나

쓸쓸해서 참으로 쓸쓸해서

이 가을을 어떻게 건너가나.

이 가을을 무어라 노래해야 하나.

눈물 속에 당신을 실어 보내고

아, 이제 누구를 사랑해야 하나.

너 없는 이곳에서 너의 이름을 부른다

한승흠 선생님을 보내며

정말 갔느냐.

한마디 말도 없이 그렇게 갔느냐.

열일곱 어린 아이들이 깊은 바다 속에서 아직도 나오지 못하고 있는데

너마저 표표히 어둠 속 먼 나라로 가 버린 것이냐.

시시때때로 너의 부재를 확인하는 동안

봄날 무성하게 피었다 져 버린 꽃들을 생각한다.

그래도 꽃들은 내년 봄

다시 피어나겠다는 약속을 하고 떠났건만

아무런 다짐도 없이 너는 가 버렸구나.

슬픔은 남은 자들의 몫이라지만

교실에서 너를 기다리고 있을 어린 제자들

현관에서 너를 맞이하고플 두 딸과 아내의

저 서럽게 맺혀 떨어지는 눈물은 어쩌란 말이냐

잊지 않겠다고, 기억 속에 너를 영원히 살아 있게 하겠다고
너와 함께 교실을 드나들고
때로는 전교조 남부지회 사무실에서 머리를 맞대던 동료들이
눈물과 함께 띄워 보낸 목소리를
너는 지금 듣고 있느냐.

형님 술 한잔 해요.
웃으며 다가들던 너의 음성을 그리워하며
너 없는 술자리를 가져야 하는 나의 슬픔을
너는 지금 헤아리고 있느냐.

촌놈 같았던, 촌놈 같아서 더욱 정겨웠던
승흠아!
그곳은 평안하냐?
잔소리할 애들이 없어서, 지랄 맞은 교육청과 교육부 관료들이 없어서

너는 정말 평안하냐?

평안치 못한 나라에서 사는 동안

너 없는 슬픔을 이기는 일 또한 만만치 않으리니

너는 가고 나는 남아서 네가 못 다 부른 노래를 부르는구나.

불러야 하는구나, 승흠아!

가는 발길 결코 가볍지 않겠지만

너무 멀어지기 전에 잠시 뒤돌아봐 주려무나.

네가 머물던 이곳, 거기 가서도 잊지 않겠노라고

바보같이 순정한 웃음 한 번 씨익! 날려 주고 가려무나.

승흠아, 영영 그리움으로 남을 승흠아!

빈 하늘

해직교사 생활 마감하고
교실에서 수업을 하다 문득
빈 하늘을 더듬는다.
관악경찰서 보호실에서
짱짱하게 울리는 목소리로
—지금은 밤인가 낮인가
즉흥시 한 구절을 읊어 주던
정영상 선생
당신이 떠난 하늘길은 고요하다.
—돌아가리라 돌아가리라
두 팔을 들어 어깨를 걸고
그날 밤 경찰서에서 나와
막걸리잔 부딪치며 목청껏 부르던 노래
왜 이제야 생각나는 걸까?
창 너머 먼 하늘을 보며

정영상 선생

당신을 생각한다.

미안하게 참으로 미안하게

나 혼자 교실에서.

슬픈 지상에서

삼풍백화점 붕괴 현장에서
십수 일 만에 극적으로 살아 나온 세 젊은이
낙천적인 X세대를 들먹이며 언론이 호들갑을 떨 때
서울대병원 영안실에는
쓸쓸한 죽음 하나 누워 있었네.

좋은 아버지요, 자상한 남편이요, 참된 시인이던
서른아홉 이기주 선생.
백혈병과 싸워 온 5년 세월
온갖 잡균들 득실대는 이 세상을 버텨 내기에는
당신의 영혼이 너무 순결했다며
함께 해직교사의 길을 걷던 벗들이 모여
눈물짓는다. 될 테면 되라지.
낙천적으로 살아가는 자랑스러운 X세대에 밀려
당신의 죽음은

신문 한 귀퉁이도 장식하지 못했지만

썩은 서까래로 떠받친 부실한 세상을 용납할 수 없어

맨몸을 던져 길을 만들고

그 길 끝에서 당신은 스러지고 말았는데

무엇이 자랑스러운가.

오랜 장마로 잔뜩 흐린 하늘 아래

무엇이 그리 가슴 벅찬가.

슬픔만 빗물처럼 고이는 참혹한 시간에

살아서 영광인 X세대보다

죽어서 별이 된 이기주 선생, 더불어

삼풍백화점 지하 막장에서 숨져 간

수많은 죽음들을 생각한다.

살아 돌아온 이보다 죽어 돌아오지 못한 이가 더 많은

생생한 현실을 돌아본다.

낙천적인 삶을 노래하기에는

여린 가슴이 먼저 미어져 오는 슬픈 지상에서.

출석부

출석부를 펼치면
나란히 늘어선 이름들

입에 발린 목소리를 빌어
꽃송이들이라고 말하지 않겠다.
보석들이라고 말하지도 않겠다.

다만
잘났거나 못났거나
똑같이 한 칸씩만 차지하고 있다는 것
남의 칸을 기웃거리거나
자기 칸을 늘리려 애쓰지 않는다는 것

출석부에 갇힌 이름들이
가끔씩 불쌍하기도 하지만

그 안에 갇혀 있을 때가 그나마 나은 거라며

애써 위안을 삼을 때가 있었지.

좁은 칸에서 한시바삐 벗어나려고

발버둥치며, 그래도 한 뼘씩 커 나가는 동안

조금씩 너덜거리는 출석부

내 밥줄이 거기 닿아 있었네.

해마다 새로 배달된 출석부에

칸칸이 새로운 이름들을 적어 넣으며

올해는 죄를 덜 지어야지, 중얼거리듯 흘려보낸

삼십 년.

내가 더 이상 출석부를 들고 다니지 않게 될 때쯤

출석을 부르듯

그동안 지은 내 죄를 하나하나 불러내실

그분 앞에 가서 무어라 변명을 할까?

출석부로 내 등을 내리치며

예끼, 못난 놈!

호령과 함께 그래도 조금은 애썼다 하실까?

그래 주실까?

발문

즐거운 반란

박두규(시인)

1

나는 명퇴하고 백수가 되기 이전까지 교사이면서 시인으로 30여 년을 살아왔지만 교육과 관련된 시가 별로 없다. 아니 세어 보지는 않았지만 시집 다섯 권 분량의 시 중에서 교육 관련 시는 아마 스무 편도 되지 않을 것 같다. 그것도 기억에 남는 시는 서너 편밖에 되지 않는다. 그리고 왜 그랬을까 하는 (그 이유에 대한) 생각도 이제야 겨우 해 보는 것이다.

다 박일환 선생 덕분이다. 어느 날, 명퇴를 하면서 교육 시집을 한 권 묶고 싶으니 발문을 써 달라는 것이었다. 그 전화를 받고서야 나는 왜 교육시를 많이 쓰지 못했을까 하는 생각을 새삼 하게 되었다. 이런저런 많은 이유가 떠올랐으나 모두 변명처럼 느껴졌고 그냥 박일환 선생이 나보다 더 치열하게 자기 현실을 살았기 때문 아니겠냐는 정도로 덮어 두었다. 사실이 그렇다. 현직 때야 어쨌든 하루 중 낮 시간을 온전히 학교에서 아이들과 함께 보내게 되는데 개인 삶의 현실이라는 것도 사실은 그 학교 문제와 학생들과 관계에서 오는 삶의 문제, 교육 현장의 문제 등이 가장 비중 있는 자신의 현실이 아니고 무엇이겠는가. 그래서 박일환 선생은 교육 현실을 담은 많은 문제의식을 시와, 에세이, 동시, 소설 등 모든 장르를 넘나들며 치열하게 써 오지 않았나 생각한다.

그렇다고 그가 교육 문제라는 하나의 영역 속에서만 자신의 삶을 풀어 온 것은 아니다. 1989년 전교조 창립과 함께 해직교사가 되었을 때부터 그 시대의 변혁 운동이었던 민주화 운동, 통일 운동, 노동운동에 조직적으로든 문학적으로든 개인적으로든 어떤 형태로든 자신을 투여해 왔고 지금도 우리 사회의 변혁과 사회적 약자들을 위한 행보를 이어 오고 있다. 그리고 이런저런 그의 지난 삶을 일별해 보면 참 한결같은 사람이라는 생각이 든다. 굳이 말한다면 고지식하다고 할 정도로 그는 참으로 부지런하고 추진력이 있는 사람이다. 또한 자신에게 온 모든 현실을 그대로 다 자신의 삶으로 받아들이며 오롯이 현실을 살 줄 아는 지혜로운 사람이다. 각설하고 이 글은 교육 시집에 붙이는 발문이니 여기에서는 그의 교육시와 함께 교육 전반에 걸친 그의 생각과 모습을 그려 보고 싶다.

2

　요즘 교육학자들 사이에서는 '교육'을 어떻게 말하는지 모르겠으나 현장에 있는 교사들의 현장 이야기를 들어 보면 그 '교육'의 의미와 영역이 엄청나게 달라졌을 거라는 생각이 든다. 물론 나는 교사였음에도 (불구하고) 예나 지금이나 교육 이론에 대해서는 잘 모르기 때문에 그걸 가지고 왈가왈부할 수 있는 처지는 아니고 다만 박일환의 시를 읽으며 짚이는 생각들을 몇 마디 거들고 싶은 것이다.

　　넌 맨날 지각이냐?

　　지각 안 한 날이 더 많은데요?

　　그래서 잘했다는 거냐?

선생님이 말은 똑바로 하라고 하셨잖아요.

남아서 벌 청소 하고 가.

청소 말고 다른 거 하면 안 되나요?

오늘은 일찍 가야 해서요.

갈 데가 왜 그리 많아?

학교만 아니면 갈 데야 많죠.

그럼 학교는 왜 오는 거냐?

졸업하려고요.

졸업은 해서 뭐 하게?

지금까지 다닌 게 억울하잖아요.

억울하면 청소하고 가.

한 번만 봐주세요, 어차피 도망갈 건데.

니가 나를 좀 봐줘라.

헤헤헤—

허허허—

(<수업 일기 3. 이길 수 없는 싸움> 전문)

이 시를 읽으면 대화하는 학생과 선생의 표정과 몸짓, 그리고 그 심리까지도 세밀화처럼 그려져 떠오른다. 나는 사실 이런 애들이 맘에 든다. 그냥 삐딱하고 순종적이지 않아서라기보다는 자기 삶을 향한 주체적 대응이 맘에 드는 것이다. 그리고 그 대응이 매우 논리적이다. 물론 그건 논리라기보다는 말대답일 뿐인데 그게 자신의 주체적 삶에 강하게 연결되어 있기 때문에 맘에 든다. 거짓말을 하는 게 아니라 어쩌면 진솔한 자신의 삶을 말하고 있는 것이다. 주체적 삶과 연계된 진솔함은 사실 우리 현실 사회의 삶에서 가장 절실하게 필요한 것 가운데 하나이지 않은가.

이처럼 진짜 교육은 학교나 교실에 있는 것이 아니라 늘 부딪히는 현실 삶에 더 많이 있다. 그래서 교사의 교육은 수업 시간보다 수업 외의 시간들이 더 중요하다는 생각을 해 본다. 이런 맥락에서 보면 좋은 교사란 수업을 잘하는 것보다는 제대로 된 사람 냄새를 풍기는 사람이 아닐까. 교육이 무엇인가. 결국은 사람을 사람답게 길러 내자는 것이 아닌가.

달라이라마가 교육에 대해 이야기한 대목이 생각나 인용해 본다. "언제고 공교육 기관들이 내가 '가슴 교육(Educating Heart)'이라고 부르는 내용에 관심을 갖는 것이 나의 희망이다. 기본적인 학문에 적절히 숙달될 필요를 우리 모두 인정하듯이 아이들이 학교 커리큘럼으로 사랑, 자비, 정의, 용서 같은 내적 가치들의 필요불가피성을 배우는 그런 때가 오기를 나는 희망한다."

달라이라마가 말하는 내적 가치들을 학교 커리큘럼으로 넣어서 가르치는 시절이 온다면 위 시 속의 화자 박일환 선생 같은 사람이 바로 적임의 교사일 것이다. '니가 나를 좀 봐줘라' 라는 말에 담겨 있는 것처럼 아이들과 동등한 눈높이에서 가장 적절한 대화를 거짓 없이 할 수 있는 사람이기 때문이다.

  하지만 우리 교육 현실의 모습은 너무도 끔찍하다. 물론 교육 현실이라는 것도 사회 현실과 함께 가는 것이어서 우리가 사는 모습을 그대로 드러내는 것이지만, 아이들이 살아가는 사회가 어른들의 사회와 크게 다르지 않다는 점에서 사태는 매우 심각하다. 소유와 힘의 논리, 경쟁과 지배의 논리로 운영되는 사회의 모습이 학교나 학생 사회에 그대로 적용되고 있으며 교육의 본원이라고 할 수 있는 학교라는 하나의 삶 공동체가 지켜 내야 할 진리의 순수성이나 학생이라는 이름의 평등성, 교사와 학생 사이의 신뢰와 사랑 등이 너무 많이 무너진 듯하다. 그리고 이러한 학교교육의 본래면목을 잃어버린 것에서 더 나아가 어쩌면 우리는 교육이라는 이름으로 어떤 폭력을 저지르고 있지나 않은지 모르겠다. 폭력의 시작은 견해가 다르다는 이유로 상대를 미워하고, 나의 견해만이 옳다고 생각하는 것으로부터 시작된다고 하는데 그렇다면 우리의 학교는 이미 심리, 언어, 육체, 물리적인 여러 형태의 심각한 폭력 속에 놓여 있는 현실이다.

동남아로 여행 가서 코끼리 쇼를 보고

코끼리 등에 올라 트레킹도 했지.

그땐 몰랐지.

코끼리가 어쩜 그리 말을 잘 듣는지.

코끼리가 그저 영리하다고만 생각했지.

나중에야 어린 코끼리가

파잔 의식을 치른다는 걸 알게 됐지.

어린 코끼리를 옴짝달싹할 수 없는 틀에 가둔 다음

사나흘 길게는 일주일 동안

피가 철철 흐르도록 때리고 찌르며

야생의 습성을 버리고

철저한 순응을 몸에 새기도록 한다는 파잔 의식!

대한민국 교실은 거기서 얼마나 먼가?

(<대한민국 교실 4> 전문)

좁은 울타리 안에 가둬 놓고 사료를 잔뜩 먹여

마블링이 뛰어난 1등급 한우로 키우면

높은 값으로 시장에 내다 팔 수 있지.

들에 풀어놓은 다음 자유롭게 풀을 뜯게 한다고?

그러면 아무리 건강해도 3등급이야.

이런, 여기 3등급들이 몰려 있군.

1등급이 되고 싶으면 울타리 안으로 들어가.

거기서 주는 대로 받아먹기만 하면 돼.

1등급 도장이 콱!

찍힌 한우 세트가 백화점에 진열되는 동안

3등급들이나 등외품들은

어디로 팔려 가는지 눈길조차 받기 어렵다는데

이게 비유라는 걸 모르는 척하는 당신은 누구?

(<시장과 학교> 전문)

  박일환의 <대한민국 교실> 연작과 <시장과 학교> 같은 시는 이러한 우리 교육 현장의 모습을 쉽고도 명쾌하게 잘 보여 주고 있다. 대한민국 교실은 거기서 멀리 있는 게 아니라 그 '파잔 의식'을 치르고 있는 바로 그곳이 우리 교육의 현주소일 것이다.

  교육이 많이 달라지고 있다고는 하나 아직도 우리의 교육은 '길들이는 것'에서 크게 벗어나지 못하고 있다. '1등급 한우'를 만들기 위해서 그리고 '파잔 의식'을 통해서 길들여지는 교육의 결과를 세월호 참사가 말해 주고 있다. 죽음이 엄습해 오는 것을 눈앞에서 빤히 보고 있으면서도 가만히 있으라는 한마디 말에 정말 가만히 앉아 있다 죽는 현실, 이 사건은 우리 사회 여러 분야의 문제를 함축하고 있는 사건이지만 그중에서도 현재의 우리 교육을 근본에서부터 다시 생각하게 한다.

교육은 한 생명이 삶을 유지하는 과정에서 마주치는 모든 일에 주체적으로 대응할 수 있는 능력을 길러 주기 위한 것이라고 생각한다. 그리고 주체적으로 대응하는 그것이 바로 창조적 삶이고 교육은 이것을 위해 있어야 하는 것이라고 생각한다. 하루를 살았다는 것은 하루 동안 '나'라는 존재를 만드는 창조적 행위를 했다는 것으로 말할 수 있을 것이다. 사실 존재 자체가 창조적 존재이니 교육 또한 그 어느 지점으로부터 시작되어야 할 것이다.

박일환의 교육시들을 보면 학생들에 대한 관심의 집중은 이런 지점에 있다. 주로 학교라는 고정화된 틀로부터 자유롭고 싶은 아이들이 시로 올라온다. 아이들이 자유롭고 싶은 것은 사실 뭇 생명의 본능적 행위인 창조적 삶을 위한 몸부림이다. 아래 2행의 짧은 시에 그게 잘 드러나고 있다.

교실마다 뛰쳐나오고 싶은 개구리들이

뒷다리에 잔뜩 힘을 모으고 있다.

(<경칩> 전문)

3

　시를 보면 박일환의 교육은 학생들에 대한 끝없는 긍정으로부터 시작된다. 그것은 아이들에 대한 사랑이기도 하지만 누구나 소중한 한 생명 한 존재라는 평등성의 배려고 창조적 삶에 대한 배려다. 그러다 보니 학생들의 일탈이나 즐거운 반란은 어떤 문제가 아니라 박일환 교육의 중심에 있는 한 분야일 뿐이다. 교육은 사회가 필요한 어떤 맞춤형 인간을 만들기 위한 것이 아니라, 한 생명이 자신의 주객관적 변화의 흐름에 맞추어 스스로의 삶을 일궈 내는 창조적 인간을 위한 것이라면,

교육의 현장은 교실이 아니라 학생들의 일탈과 즐거운 반란이 있는 곳
일 것이다. 시를 보면 박일환은 늘 그런 현장에 있었던 교사라는 생각
이 든다.

중3짜리 남녀 둘이
친구들이 빙 둘러선 가운데
교실에서 입맞춤을 했더란다.
사귄 지 300일 되는 날이었단다.

하필 지나가던 선생한테 걸려
곧장 생활지도부로 끌려갔더란다.
풍기문란이라는 죄목을 달고

남선생들 술자리에서 누군가
풍기문란에 대해 묻기에

그냥 풍기발랄한 거 아닐까요?

내 발음이 시원찮았는지

풍기반란! 그렇지 반란이야, 반란. 껄껄껄!

머쓱해진 나는

그래 발랄한 반란도 괜찮겠다.

속으로 웃으며 술잔을 높이 들었더란다.

(<풍기반란> 전문)

①

　②

　　③

　　　④

　　　　⑤

발문

①

②

③

④

⑤

한 번만 더 3번을 내리 찍고 자면

가만두지 않겠다는 내 말에

태호가 적어 낸 답안지다.

애썼다.

못난 선생과 더불어

답이 안 보이는 세상, 힘내서 건너가 보자.

(<수업 일기 4. 태호의 답안지> 전문)

학생들의 일탈과 즐거운 반란이라고 말할 수 있는 학생들의 행위는 그 이유의 이유까지 알고 보면 대부분은 어떤 일에 대한 그들만의 주체적 대응이고 창조적 삶의 행위에 속하는 무엇이다. 그런데 대부분의 학교는 그것을 문제아의 어떤 사건으로 귀찮아할 뿐이고 현재 우리 교육이 가장 중요하게 다루어야 할 교육 문제라는 것을 놓치기 일쑤다. 이 부분이 박일환의 교육에 대한 문제의식이 자리 잡고 있는 곳이다. 그리고 그 문제를 풀기 위해서는 학생들에 대한 끝없는 긍정이 필요하다. 그것은 인간에 대한, 한 생명에 대한, 그 모든 존재에 대한, 조건 없는 긍정이고 사랑이다. 교사는 누군가를 가르치는 사람이 아니라 그 대상에 대한 무한대의 긍정과 사랑을 펼칠 수 있는 사람이어야 한다. 아이들의 일탈과 즐거운 반란은 이런 교사들을 만나면 물이 흐르듯이 자연스럽게 제 물길을 흘러 바다에 이르게 될 것이며 그 일탈과 반란은 물줄기의 아름다운 굴곡일 뿐이다.

박일환의 이번 교육 시집은 4부로 나눠져 있으며 그것은 그의 교육을 짐작하게 하는 시들, 아이들의 일탈과 즐거운 반란, 교육 현장의 현실

고발, 그리고 교사로서의 삶을 보여 주는 시들로 구성되어 있다. 시인은 특별한 의도 없이 그저 스스로의 현장과 그 현실과 한 교사의 삶을 보여 주었을 뿐이라고 겸손하게 말할지 모르겠으나 이 시집은 교육의 본원을 성찰하게 하고 정확한 교육 현실의 문제를 인식하게 하고 또한 교사로서의 삶을 통해 깊은 감동을 준다. 그리고 이 모든 것은 박일환이라는 한 인간이 교육이라는 현실에 투여한 삶의 진정성으로부터 온 것들이다. 교사라는 길을 마치기 직전 그의 심정을 잘 보여 주는 시를 소개하며 글을 마친다.

이렇게 가르치고 싶었다.

늘 깨어 있어라.

무엇이 참이고 거짓인지

눈을 똑바로 뜨고 보아라.

하지만 눈 감고 책상에 엎드린 아이들 많았다.

이렇게 가르치고 싶었다.

교과서를 믿지 마라.

무엇이든 의심하고 질문하며

교과서 밖의 진실을 찾아가라.

그래서일까, 교과서를 베고 잠든 아이들 많았다.

가르치고 싶었으나 가르치지 못한 것들이

수북한 낙엽을 이루어

교정 화단에 쌓여 있다.

낙엽 한 장 집어 드니

숭숭 뚫린 잎맥 사이로 지나온 길이 보인다.

나는 어느새 가을에 와 있고

아이들은 철모르는 웃음을 날리며 운동장 쪽으로 뛰어간다.

(<수업 일기 15. 가을 앞에서> 전문)

후 기

교사의 길, 시인의 길

정년이 몇 년 남았지만 그만 정리하고 교직을 그만두려 합니다. 1987년에 교사 생활을 시작했으니 30년 남짓 분필을 손에 쥐고 있었군요.(중간에 전교조에 가입했다는 이유로 해직된 4년 반의 기간이 있긴 하지만, 그때도 저는 전업을 하지 않은 채 늘 교사라는 생각을 하며 지냈습니다.) 돌이켜보니 자랑스러움이나 뿌듯함보다는 부끄러움과 회한이 많이 남는 세월이었습니다. 그런 와중에 어려서부터 꿈꾸던 시인이라는 직함을 얻게 됐고, 주변에서 교사 시인이라는 말로 저를 부르기도 했습니다. 하지만 교사 시인이 아니라 시인 교사가 되어야 했던 게 아닌가 싶은 생각을 합니다. 시인보다는 교사에 방점이 찍혀야 하는데, 그러지 못했다는 반성을 할 때가 많았습니다. 그렇다고 해서 시인으로 제대로 살아 냈느냐 하면 그 또한 부실하기 그지없었으니 이래저래 민망한 일입니다.

교사를 그만둘 생각을 하면서 그동안 학교와 교육을 소재로 삼아 썼던 시들을 시집으로 묶어 보자는 생각을 했습니다. 시를 잘 써서가 아니라 그동안 내가 학교라는 울타리 안에서 시를 쓰는 동안 무엇을 생각하고 고민했는지 살펴보고 싶었습니다. 다행히 시집 한 권 분량은 되더군요. 취미 생활이 아니라 등단을 하고 시를 쓴다는 건 어차피 남에게 보여 주고자 함이니, 이렇게 시집을 묶어 내는 게 그리 지청구 받을 일은 아닐 거라는 말로 어설픈 변명을 해 봅니다.

교사 생활을 시작하고 10년 뒤에 등단을 했고, 등단 전 10년 동안에도 교육을 소재로 쓴 시들이 제법 있었으나 지금 남아 있는 당시의 시들은 몇 편 되지 않습니다. 특히 해직 기간에 쓴 시들을 대부분 잃어버린 게 아쉽기도 합니다. 이 시집에 실린 시들은 제가 1994년에 복직한 다음부터 최근까지 쓴 것들입니다. 그리고 이전에 낸 시집에 들어 있던 시들 중에서 교육시라고 부를 만한 것들을 일부 추려서 다시 실었습니다. 제가 시를 통해 교사의 길이 어떤 것이어야 하는가 하고 던졌던 질문들을 온전하게 보여 주고 싶었기 때문입니다.

시들을 한자리에 모아 놓고 보니 학교 풍경을 썩 아름답게 그리지는 못했군요. 세상을 삐딱하게 바라보는 평소의 습성이 시에도 그대로 투영되어 있다는 생각을 하니 조금 쓸쓸해지기는 합니다. 하지만 그게 또 제 성정이기도 하고 학교와 교육을 바라보는 시선인 걸 어쩌겠습니까? 교사로서 처음 학교라는 곳에 발을 디딜 때와 지금의 학교를 비교해보면 상전벽해라는 말에 해당할 만큼 많이 변했습니다. 평교사는 입도 뻥긋 못 하던 회의 시간, 권위로 똘똘 뭉친 관리자들의 횡포, 비합리와 비민주로 가득한 온갖 악법과 규정들, 무엇보다 학생들을 향한 일상화된 폭력은 이제 많이 사라지거나 완화됐습니다. 최근에는 진보 교육감들이 대거 진출하면서 혁신학교 등의 실험이 활발하게 이루어지고 있기도 합니다. 그렇게 되기까지 많은 교사들의 노력과 희생이 따랐음은 물론입니다. 그럼에도 아직 충분하다 여길 만큼 변화했다고 보이지는 않습니다. 모든 것이 입시로 수렴되는 구조도 깨뜨리지 못한 상태이고요. 더구나 학교교육은 어차피 제도교육이며, 모든 제도는 억압을 전제로 하고 있습니다. 정해진 규정과 규칙에 따라 움직이는 조직에서 개인의 완전한 자율은 보장받기 어렵습니다. 그렇다고 제도 자체를 없앨 수는 없는 일이니, 그러한 대립에서 오는 긴장감을 유지하며 자유롭게 숨을 쉬기 위한 틈을 조금씩 넓혀 가야 합니다. 제 시에 삐딱함이 담겨 있다면 이러한 사정을 깔고 있기 때문일 겁니다.

교사의 길과 시인의 길이 크게 다르지 않다고 생각합니다. 교육 활동이 교과서만을 매개로 해서 이루어지는 게 아님은 누구나 알고 있는 사실입니다. 보이지 않는 교육과정이라는 말이 있듯이 교사의 교육 활동(과 그것이 미치는 영향)은 교과서와 규격화된 교육과정 안에서만 이루어지지는 않습니다. 교과서 밖에서 보여 주는 교사의 삶과 태도, 언어가 훨씬 많은 함의를 지니곤 하지요. 그래서 가르치는 일은 온몸을 던지는 것이어야 하고, 시를 쓰는 일 역시 마찬가지입니다. 말과 삶의 불일치를 늘 경계해야 한다는 점에서 그러합니다.

교육은 만남입니다. 시 역시 만남이지요. 지난 30년 동안 많은 아이들을 만나고 떠나보냈습니다. 그렇게 나를 거쳐 보낸 어린 청춘들의 가슴

속에 저는 어떤 교사로 남아 있을까요? 기억조차 하지 못하는 친구들이 많을 테고, 저 때문에 상처받은 친구들도 꽤 있을 겁니다. 생각하면 아찔한 일입니다. 그래서 이 시집 안에는 반성문이라고 불러도 좋을 시들이 여러 편 들어 있습니다. 반성한다고 해서 이미 저지른 잘못을 되돌릴 수는 없는 노릇이니, 그저 앞으로 조금 더 나 자신을 살펴 가며 부끄럽지 않은 삶을 살기 위해 애쓰고, 그런 바탕 위에서 또 다른 시를 만나기 위한 여행을 떠나고자 합니다.

4부에 복직 초기에 썼던 시들을 일부 배치해 놓았습니다. 그중에는 함께 해직의 고통을 겪다가 안타깝게 돌아가신 두 분의 선생님을 생각하며 쓴 시도 있습니다. 그와 함께 같은 교무실에서 근무했던 후배 교사의 급작스런 죽음을 애통해하며 쓴 시 두 편도 나란히 실었습니다. 모든 때 이른 죽음은 남은 이들에게 망연한 슬픔을 안겨 줍니다. 그들에 대한 기억을 시 몇 줄로 남겨 놓았던 건 그런 슬픔을 견디기 위함이었습니다. 학교를 떠나는 선배 교사들에게 바친 축시도 있는데, 이제는 나도 떠나야 할 때가 됐다고 생각하니 말 그대로 무상함이 찾아들기도 합니다.

교사였기에 행복한 시간들이 있었고, 교사였기에 힘든 시간들도 있었습니다. 교사라는 신분의 제약에서 오는 자발적 억압이 자유로운 사고를 막고, 시를 쓰는 데도 도덕과 교훈의 틀에 갇혀 있도록 했던 게 아닌가 싶은 생각을 할 때가 많았습니다. 교사란 무엇이고 어떤 존재여야 하는가에 대한 답을, 교사를 그만두고자 하는 지금 이 순간까지도 제대로 알지 못합니다. 다만 여전히 교단을 지켜 갈 동료와 후배 교사들이 제가 쓴 교육시들을 통해 생각거리 하나라도 건져 올리거나 잠시 위안을 받을 수 있다면 다행이겠습니다. 그나마 못난 나를 여기까지라도 이끌어 준 건 내 곁에 있던 훌륭한 교사들과 내 말에 고개 끄덕이며 따라와 준 제자들이었습니다. 엎드려 고마운 마음을 전합니다.